孤独の裸

新美光靖 Niimi Mitsuyoshi

文芸社

孤独の裸＊目次

天使の微笑み

窓際で夕焼ける街を見る君の真白き顔もほのかなる紅《べに》

薔薇の棘で刺したる我の指先に吸いつく天使のくちびる熱き

水槽で泳ぎしサカナが羨まし君の優しき視線を浴びて

〝ここが天国《ヘヴン》〟桜の花びら降る中で天使の如く微笑みし君

この空の果てに愛するひと居るとあやとりの橋を架けいし少女

「かまくらで一夜を過ごしてみたいな」と突然言う君夏真っ盛り

初恋の微熱をひんやり解き放つ夜明けのベランダ素足にて立ち

我だけのために輝やく星のあるネイルを君はエヘへと見せる

共有を楽しむ君はキャンディを口移しけり人妻なるも

逢いたさをいくつもいくつも殺す夜不倫恋愛されど純愛

エメラルドグリーン

恋人に戻れぬ我と君と見つ同じ海でも違う輝やき

初夏の恋人達が戯れし君の真黒きサングラスの海

エメラルドグリーン　二一

『ナホトカ』の話途切れて黙々と越前ガニの甘さ楽しむ

楽園は在りしか海に身を投げる人の絶えなき崖に佇む

「すきなひとできたの」と言う君の語がさざなみとなる心の海に

愛の無きデートをしており我と君つなぎ合えない手の宙ぶらりん

かえりたいかえりたくないかえれない水槽の海のサカナも我も

人のため生まれてくるかなサカナ達矛盾あるけど癒してほしい

さんらりと水母《くらげ》の触手は伸ばされて愛に飢えいし我を誘《いざな》う

エメラルドグリーンの海の煌《きらめ》きに交わりしかな君の「さよなら」

ねじれたりゆれたりしながら

障害をけなされおりし少年の粘土細工の恐竜吠える

友達が欲しくて微笑み絶やさない少女のカバンに書かれたバカ　シネ

賑やかに静かに語りし音の無き世界の子等は手話を使いて

ねじれたりゆれたりしながら夢語る少年輝やく瞳を持ちて

ひらひらとクリオネの真似して踊る笑みが眩しきろうあの少女

誕生日カード届きし施設からぐんにゃり文字にぬくもる心

愛ちゃんの命支えし人工の呼吸器「愛ちゃん2号」と呼ばるる

弱虫も強者となれるゲームにて少年「死ね」を連発しおり

懐かしき机の隅に我の名と空白の君が相傘をさす

夕焼けるオレンジピープル達に吠ゆ恐竜の如き屋上の我

ロック魂

整体の帰りに寄りし楽器店愛しむ如くスティック握る

握力の戻らぬ手に持つスティックが魂の音刻めと急かす

朝礼で語りておりし校長の声より大事なイヤホンのロック

「モヒカンはもうやめた」と言う七三《ひちさん》の友は社会にまるくなるらし

ロック魂

寂しさを予感する夜メロディを口ずさみけりアップテンポで

ひたむきな若きバンドのメロディがジンと心に染みるスタジオ

何のためロックするのか自らに問う時歳とる寂しさを知る

熱きもの心に無くなり不燃物ゴミへと出しぬドラム・魂

リサイクルショップで売られし中古ギター新たに夢見る人買いしかな

カラオケでＹＡＺＡＷＡを歌いし老人のロック魂今なお若し

アンモナイトの吐息

難民の瞳で我を見つめいし檻の中にて売られし小犬

無造作に猫の死体が捨ててあるマンモス団地の生ゴミ置き場

無精卵次々と生むニワトリの機械仕掛けの如き生活

砂浜に四輪駆動のタイヤ跡いくつも伸びて海亀が死ぬ

一晩中鳴いて弱った蟬を地に叩きつけいし雀の狩猟

デパートのペット売り場に少女来て名も無き猫をチャッピーと呼ぶ

デパートで売られしクワガタなめているバイオゼリーの鮮かな赤

冷暖房完備の部屋に寝かされしアンモナイトの吐息を聞きぬ

緑の背覗かせ蟬の幼虫が脱皮出来ずに死ぬアスファルト

孤立した合鴨水面見ておりし羽根に刺さりし矢の憎憎さ

火の点かぬ線香花火

この星を飛び出したくなる夕暮れにブランコ漕ぎ出す宇宙へ向けて

太陽のぬくもり残る砂場にて戯れており光る目の猫

母捜す子猫抱きしめ「ニャオ」と鳴くガングロ少女の声優しけり

夕暮れる公園に残る少年の首に下がりしカギの十字架

落葉掃く清掃婦ふいに屈みこみ手に取り見つむ蟬の脱殻

手ピストル〝バーン〟と撃ちぬ中東のおさな乗せ行く幼稚園バス

火の点かぬ線香花火を心にて見ており我と君目をとじて

ルンペンが立ち退かされて開かれしチャリティ愛を唱えかけおり

ひと夏に尽くして果てたひまわりの種子採る宝を貪《むさぼ》るように

地面から盛り上がりけり木の根元安住よりも未知へ歩むか

労働力

雨降れば仕事は休みとなりし父求人広告目を細め見る

ストレスに労働力を奪われて朝に踏み出す一歩重たし

夜勤終え帰宅する人見つつ我は始まる今日に自転車を漕ぐ

蕎麦を打つ音の軽やか若き者ディズニーランドへ行くらしholiday

労働力　八三

たかが蕎麦されど蕎麦なり日によって機嫌異なる蕎麦と対話す

ゆず香る風呂に充電されており疲れた気力と労働力と

幼子をあやすみたいにアク掬う出し の香りが満ちる厨房

副業のキムチ販売不調にて朝晩と食うキムチ恐ろし

労働力　八七

ＦＡＸに注文無いのを確かめて冴え返る夜に食うキムチ鍋

テレビには戦時国家が映されて足無き少年花売りて笑む

冬の枝

外国の核実験の記事が載る新聞に抱かれ眠るルンペン

クリスマスソングを打ち消す右派の声シュプレヒコール愛国日本

辛き日を想えば義足が痛みしと靴を優しく磨く商人《あきんど》

冬の枝みたいな君の指先にあかく咲きけりマニキュアの花

閉められた店のシャッターにもたれて死体のように眠る酔っ払い

死に方を教える本が売れるらし『自殺マニュアル』積まるる店頭

新聞の隅に小さく載せられし『父危篤健二今すぐ帰れ』

『青春』は気怠きものかジベタリアン吐く溜め息の重苦しくて

裏ワザを使えば人生簡単とヒップでずぼんをはくヤングマン

浄土へと旅立つ祖母の口紅の淡きピンクがみずみずしきや

さるぼぼ

よく肥えた青虫殺して摘みおりし青き葉っぱのみずみずしけり

心地良き『日なたぼっこ』という言葉抱きしめて猫のようにまるまる

さるぼぼ

ケイタイのスイッチ暫く消しておくのどかに歩く田んぼ道なり

おみやげ屋入ればあかきさるぼぼが遊ぼ遊ぼと軒並み揺るる

朝市に並びし野菜のひねくれて個個のらしさが売られておりし

ストレスはいらないい持たないい片足をぐいっと上げて案山子になりぬ

疲労感抜き取られつつ見上げいし湯気の向こうに広がる宇宙

朴葉味噌ほつほつ煮える香りしていつものテレビドラマ始まる

さるぼぼ

ゆっくりと過疎化進みし山里を監視しており天空の鷹《たか》

旅終えし我の車に揺れておるまだまだ遊んでいたいさるぼぼ

愛を売る

口の中転がすロマンス一粒のデラウェアなり甘酸っぱきや

愛語るクローン売られし夢の中別れた恋人達に似ており

愛を売る仕事してると笑む女《ひと》のくちびるの動き心くすぐる

娼婦との愛を買いけり六〇分心に響かぬ愛の語虚し

美しくあらねばならぬ少年がまゆ毛手入れす男子トイレぞ

アイドルの話題に乾きし唇に艶かしく塗るリップスティック

「結婚は愛だけじゃ駄目」と言う君が抱きしめているシャネルのバッグ

満ちてくる我の心の寂しさを切り裂きぬ鷺《さぎ》くわっと鳴きて

フィルターに化石の如くあるあかき君の口紅愛語らぬか

揺れながら電車の中で化粧する乙女の化けるをハラハラと見つ

ナイフの世界

何かから自分を守るために持つナイフが肌に冷たき夜かな

青空も光もあるのに冷たさは増すばかりなりナイフの世界

簡単に「愛など無い」と言いきれるナイフの世界の我を愛しむ

少年法改正されしも少年の心は改正されぬままあり

「キレやすい心はミネラル不足」とぞ言いけり医者の冷たい瞳

砕かれた愛のカケラに春の陽が屈折しており冷たい心

春うららうららかな日の重たさよ君と別れる言葉を持ちて

ナメクジを殺して一日始まりし苺の甘く香るベランダ

傷付いた心癒されつつありしビタミンみたいなルノワールの絵

そよ風にそよそよ心地良き心君と心中した後《のち》思う

切実な顔

行方不明少女のチラシ捨てる人切実な顔の人配りしも

道を行く人に微笑みかけており古びた尋ね人のポスター

幸せな家族に笑む人妬む人ミックスされて機能する街

クレープの甘き香りを持ちながら女子高生達避妊語りし

ルンペンの傍らにある注射器のぞくぞくしてくる冷たき反射

パンジーの花殻摘みし店員のしなやかなりし指に触れたし

ひだまりにポインセチアの赤映えてもうじき寂しきクリスマス来る

疑惑ある牛はただただ処理されて人より軽い命恨むか

牛肉に安全シール貼られしも剝がれたまんまの信用なるは

父と子の遊びし姿減りしかな児童虐待増える時代に

いないいないばぁ

妹は家庭を持ちて子が我に「おじちゃん友達だよ」と言いけり

揚げたてのコロッケほっくりほっかりと家族を包み込んでるような

想い出す父と相撲を取りし事髭の痛さやあぶらのにおい

幼き日父に連れられ行った店のギョーザの味をふわっと想う

いないいないばぁ

十姉妹飼ってた頃もあったっけ母が蒸発する前までは

置き去りにされいし母のテープ聞く優しくせつなきカーペンターズ

おふくろの味など知らず『おふくろの味』なる惣菜買いて食べみる

君を抱く時にも母を想いしかやわき乳房を包むてのひら

ホッとする母の香りにハッとして見渡す雑踏母居らぬなり

#「いないいないばぁ」にて始まる世界からやり直したき時もありけり

リハビリ

錆ついたロボットみたいにぎこちなく右手動かすリハビリの父

夢の中さえもリハビリしているか父の右手が開いて閉じて

繋げてはほどけてしまいそうな語で「ハヤクハタラキタイ」と言う父

出来事をたどたどしく父話しおり減塩スープのふを含みつつ

遠かりし心の距離が近づきぬリハビリの父と共に歩めば

白蛇に睨まれたからと言いし父再び我と暮らせる幸を

筍と蕗炊き合わせて父と食う侘《わび》しき夕食少し春めく

歯ごたえに喜こびし父我の煮た蓮根シャキシャキシャキシャキシャキ食べる

〝恵まれぬ子供に愛を〟に寄付をする父にも愛をくれよと思う

庭先で父がいそいそ摘みて来た青紫蘇香る朝の食卓

突然変異体《ミュータント》

禁じらる酒の魅力に負けし父我の小言に伏す赤ら顔

頑固なる父に言う事飲み込みて心は消化不良中毒

自由への扉を開ければポッカリとポッカリとただ虚しさばかり

今までの人生否定する我を呑み込む心のブラックホール

賑やかな人込みの中を好みいし孤独に侵食されゆく心

孤独でもぬくもりぐらいあるらしきてのひらに染みる雪の結晶

想い出の化石は確かで不確かで風化するらむ記憶と共に

居酒屋の突然変異体《ミュータント》達改革を熱く語れば赤らみし顔

震えいし君の瞼を見つめつつ人肌ぐらいのくちづけをせし

飴細工ピカチュウ作りし職人の手元に食い入る子達の瞳

突然変異体

競走馬

毛艶良く見せてパドック闊歩する馬の瞳に光るプライド

ニイミロマンなる馬に心奪われて買いけり馬券をハズレても持つ

戦いの傷を癒せし競走馬放牧明けにはまたレースあり

「サイレンススズカのように殺せよ」と言いけり少年車いすにて

お馬さん走れ走れと走る子の純真無垢さが眩しけるかな

不確かなゴールを目指している我を次々と抜き去りし人達

競走馬

馬券持つ手に汗熱くなる感情我の知らない我が居りけり

すっかりと勝負に負けた帰り道誰かが蹴ったタンポポが散る

競走馬

捨てられた馬券の中にポケモンのカード混ざりしゴールデンウィーク

桜肉嚙み締めるたびに草原を駆けいし馬の情景思う

孤独の裸

酔えぬ酒飲むたび浮かんで消えてゆく優しく微笑む君の幻影

蘇る君との想い出ダブらせて恋愛ドラマに流るる涙

真夜中に精神安定剤飲みて繰り返し読む別れの手紙

脱皮したザリガニ脱殻食べており今の存在のみを信じて

液晶の画面の中で飼うペット輪廻転生繰り返しけり

永遠の愛を誓うも去りし君我を捨ていし母親みたく

顔知らぬメル友今夜もケイタイに訪れて我の存在を問う

暖かき君の微笑み彼のものせめてと幻想みる心さむ

暖かい家庭の記憶を回想し横たわりけり孤独の裸

自らのぬくもり確認する如く孤独の裸を抱きしめて寝る

あとがき

僕の心の中には、もうひとつの世界がある。青い空もあり、街もある。ざわめく人たちも居る。けれども孤独である。果てしなく深く、決して満たされることのない孤独。

しかし、孤独から逃げず、孤独と向き合って生きてゆくことが、僕の使命ではないかなと思っている。孤独と向き合うことで、人の優しさや心のぬくもりに、ふれあうことが出来るのだから。孤独に感謝をしなければ……。

そして、この本を出版するにあたって協力してくださった、出版社の皆様にも、僕の心の歌に、何かを感じてくださった人たちにも、感謝、感謝。

二〇〇二年　春

新美光靖

著者プロフィール
新美 光靖（にいみ みつよし）

1965年10月24日、愛知県名古屋市生まれ。
各方面に心の歌を発表。
第九回短歌現代新人賞佳作。
第三回大伴家持大賞佳作。

孤独の裸

2002年7月15日　初版第1刷発行

著　者　新美 光靖
発行者　瓜谷 綱延
発行所　株式会社文芸社
〒160-0022 東京都新宿区新宿1-10-1
電話　03-5369-3060（編集）
03-5369-2299（販売）
振替　00190-8-728265

印刷所　図書印刷株式会社

ISBN4-8355-4103-0 C0092